# Entonces llega el verano

With big-time love for Lizzie, Will, Wes, Jack, Roy, Coleman, Paloma, Olive, and Fox

T. B.

To Dad. Thank you for all the great summer memories.

J. K.



Printed by permission of Scholastic Inc., 557 Broadway, New York, NY 10012



First Candlewick Press edition in Spanish 2020

Library of Congress Catalog Card Number 2020904152
ISBN 978-0-7636-6071-0 (English hardcover)
ISBN 978-1-5362-1169-6 (Spanish paperback)

20 21 22 23 24 25 CCP 10 9 8 7 6 5 4 3 2

Printed in Shenzhen, Guangdong, China

This book was typeset in Agenda Medium.
The illustrations were done in acrylic paint with digital tools.

Candlewick Press
99 Dover Street
Somerville, Massachusetts 02144

visit us at www.candlewick.com

# Entonces llega el verano

TOM BRENNER

ilustrado por JAIME KIM

**CUANDO** los días se estiren como un largo bostezo,

y la hierba y las hojas brillen con el rocío,

y las caras felices de las violetas saluden y saluden . . .

**ENTONCES** ponte las chanclas y respira el aire fresco.

**CUANDO** las abejas zumben en las flores,
y los pájaros vuelven de rama en rama,
y el aire vibre con el ruido de las máquinas podadoras . . .

**ENTONCES** ponle aire a las ruedas de tu bicicleta

busca tu casco,

y sube el asiento . . . ¡vaya si has crecido!

**CUANDO** hayas terminado el último proyecto de la escuela,
y tu pupitre esté limpio, sin migas de galleta ni pedazos de borrador,
y todos los abrazos de fin de año hayan sido repartidos . . .

**ENTONCES** reemplaza la mochila y los cuadernos

por jarras y vasos.

**CUANDO** la luz del día se alargue,

y los grillos canten al anochecer,

y algunos insectos grandes como pulgares se estrellen contra las ventanas . . .

**ENTONCES** juega a las escondidas hasta que la oscuridad les gane a todos.

**CUANDO** las tiendas se adornen con rayas y estrellas,
y las banderas ondeen en los porches y en los autos,
y toda la ciudad parezca envuelta en mantas . . .

**ENTONCES** adorna tu bicicleta y pedalea hasta el desfile.

**CUANDO** las bandas marchen—izquierda, derecha,
izquierda, derecha—
y todo tipo de carrozas desfilen,
y los Scouts y los pioneros lancen dulces . . .

**ENTONCES** agarra tu manta y mira la noche llenarse de colores.

**CUANDO** todos los días parezcan sábado,

y los porches, los patios y las aceras sean como parques,

y una melodía conocida interrumpa el juego . . .

**ENTONCES** corre a hacer la fila. . .

—¡Vainilla, por favor!

**CUANDO** los lentos días de verano pasen uno a uno,
y haga tanto calor que no haya más que hacer que
resoplar, y ni siquiera los aspersores logren refrescar . . .

**ENTONCES** es hora de ir al lago.

Baja la ventanilla y huele la hierba seca y caliente,
cántales tus canciones favoritas a los pájaros que revolotean
por los campos, y pregunta por milésima vez, “¿Ya vamos a llegar?”.

LAGO
DEL SOL

**CUANDO** por fin aparezca el paisaje familiar,
y el lago plateado brille entre los árboles,
y los viejos amigos te saluden . . .

**ENTONCES** sal del auto,

corre hasta la playa,

y nada hasta que el sol baje y tus labios se pongan azules.

**Y CUANDO** la cena haya terminado y los cuentos hayan sido contados,
y tus dedos estén pegajosos de malvavisco y chocolate,
y la fogata se esté apagando poco a poco . . .

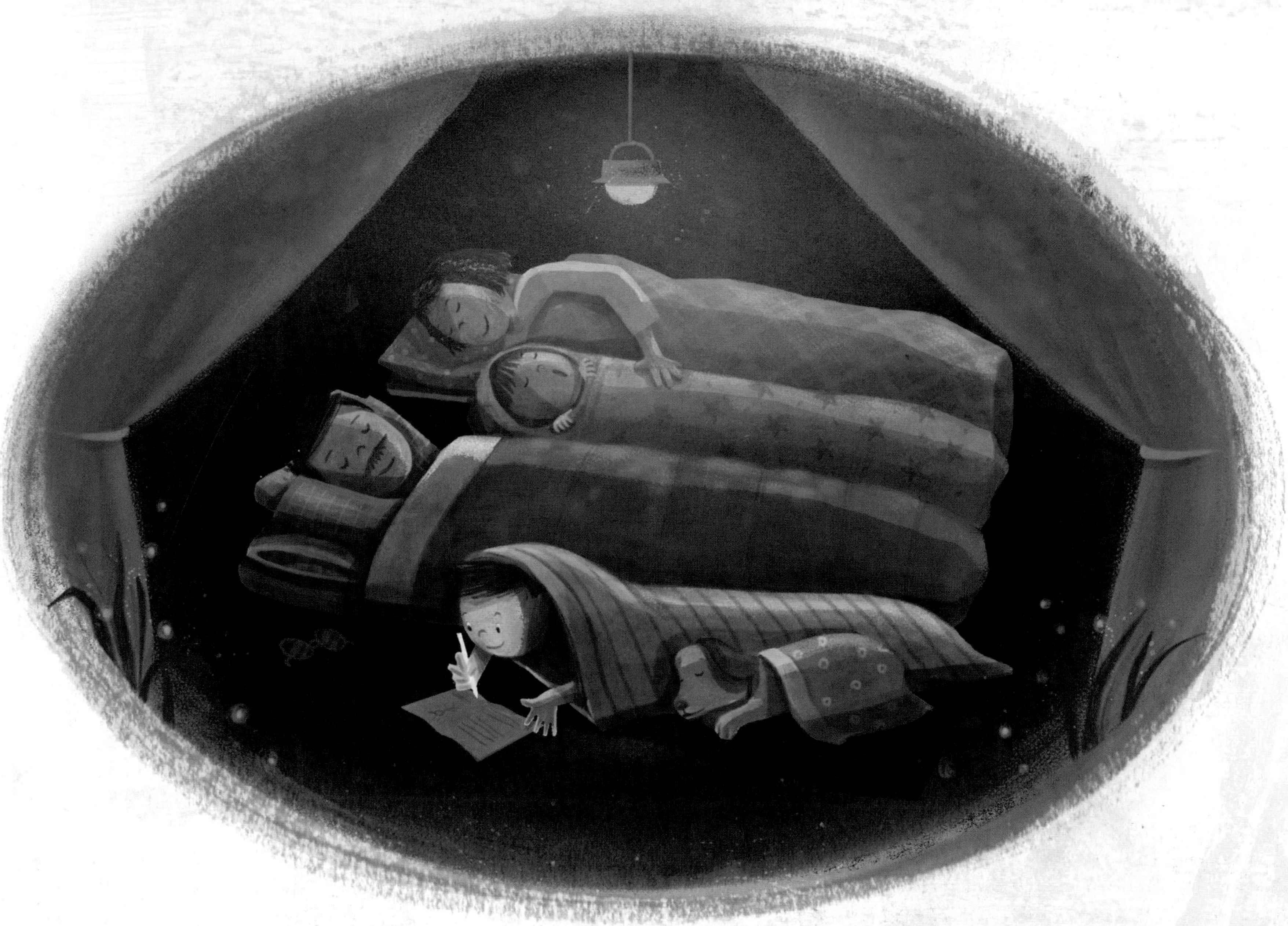

**ENTONCES** métete en tu bolsa de dormir y planea las aventuras que tendrás mañana.